ALFAGUARA I[illegible]

www.alfaguarainfantilyjuvenil.com

ALFAGUARA

www.alfaguarainfantilyjuvenil.com

© De esta edición:
2008, Santillana Ediciones Generales, S. L.
Torrelaguna, 60. 28043 Madrid
Teléfono 91 744 90 60

•Ediciones Santillana, S.A. Leandro N. Alem 720
C1001AAP - Ciudad de Buenos Aires. Argentina
•Editorial Santillana, S. A. de C.V.
Avda. Universidad, 767. Col. Del Valle,
México D.F. C.P. 03100
•Distribuidora y Editora Aguilar, Altea, Taurus, Alfaguara, S. A.
Calle 80, nº 10-23. Bogotá. Colombia

ISBN: 978-84-204-4748-3
Depósito legal: M-11.964-2008
Printed in Spain - Impreso en España por
Palgraphic, S. A., Humanes (Madrid)

Primera edición: febrero 2002
Sexta edición: marzo 2008

Editora:
Marta Higueras Díez

Ilustraciones: Elena Torres

Diseño de la colección: Manuel Estrada

Las velas malditas

Graciela Montes
Ilustraciones de Elena Torres

ALFAGUARA

Hay algunas palabras en este libro
que te van a llamar la atención
como «torta» y «heladera» que significan
«tarta» y «nevera», pues la autora
es argentina y allí se dicen así.
¿A que son bonitas las distintas maneras
de hablar el español en el mundo?

Cumplir años parece de lo más fácil. Pero tan fácil no es porque yo conozco una chica —Lulú se llama— que no pudo y no pudo cumplir años. Y eso que se esforzó la pobre. Pero no hubo manera: no pudo. Y todo por culpa de la tía Javiera y sus velas malditas.

Es una historia escalofriante.
Sucedió un 18 de marzo, que es el día en que siempre se empeña en cumplir años Lulú.
La tía Javiera trajo una torta enorme, toda llena de frutillas (porque a Lulú le encantan las frutillas) y con siete velitas (porque a Lulú le tocaba cumplir siete).

—¡Qué torta más linda, tía! —dijo Lulú, mientras ayudaba a la tía a apoyar la fuente sobre la mesa.
—¿Has visto cuántas frutillas? —le señaló la tía con una sonrisa.
—¡Sí! ¡Me encantan las frutillas, tía! —dijo Lulú.
—¿Y has visto cuánto merengue? —volvió a preguntar la tía (se veía a la legua que estaba muy orgullosa de su torta).
—¡Mmmm, sí! ¡Me encanta el merengue! —dijo Lulú.

—¿Y has visto las velitas?
—Sí, tía —dijo Lulú—. Son coloradas... ¡como a mí me gustan!

—Sí, pero además —dijo la tía Javiera con una sonrisa que de pronto se volvió misteriosa— no son velitas comunes, nena. ¡Son velitas especiales!

—¡Me encantan las velitas especiales! —dijo Lulú.

¡Pobre Lulú! ¡No sabía lo que decía! ¡No sabía lo que le esperaba!

Al principio, el cumpleaños
de Lulú se pareció mucho a cualquier
otro cumpleaños.
Había...

globos...

invitados...

alfajorcitos...

regalos...

Hasta que la mamá de Lulú trajo la caja de fósforos y dijo:
—Bueno ¡a soplar las velitas!

Todos los invitados salieron corriendo y se colocaron alrededor de la mesa, lo más cerca posible de la torta.

La mamá de Lulú encendió las velas y el papá de Lulú apagó la luz (porque con la luz apagada es mucho más emocionante cumplir años).

Las velas brillaban muy bien,
como soles brillaban.
Y los invitados suspiraron:
—¡Qué velas! ¡Se ve que son
velas especiales!
—¡Un, dos, tres! —contó el abuelo
Fermín.

Y todos se pusieron a cantar
«Cumpleaños feliz» (algunos cantaban
con una voz un poco rara
porque habían aprovechado para
comerse un alfajorcito).

Lulú juntó aire... ¡y sopló!

El fuego de las velitas se agachó

¡pero no se apagó!

—¡Más aire, Lulú! ¡Más fuerte, Lulú! —gritaban los invitados.

Entonces Lulú juntó más aire, mucho más aire (los cachetes le brillaban como globos a punto de reventar). Y sopló fuerte, mucho más fuerte.

El fuego se agachó

se agachó...

¡pero no se apagó!

Lulú miró las velitas y puso cara de rabia (porque les tenía rabia). Y los invitados pusieron cara de nerviosos: de tan nerviosos que estaban se comieron un montón de alfajorcitos más.

—¡Qué velas! ¡Pero qué velas! —dijo el abuelo Fermín acercando la cara a la torta para verlas bien.
—Son velitas especiales —le explicó la tía Javiera con una sonrisa misteriosa.

La mamá de Lulú miró fijamente las velas, frunció las cejas y dijo:
—¡Soplemos todos juntos!

Así que todos tragaron sus alfajorcitos y empezaron a juntar aire. Juntaron todo el aire que pudieron juntar, hasta que los cachetes les brillaron como globos reventones.

Y soplaron, todos al mismo tiempo.
Soplaron tan pero tan fuerte que
empezaron a volar pedacitos
de merengue por todas partes.

El fuego de las velitas primero
se agachó

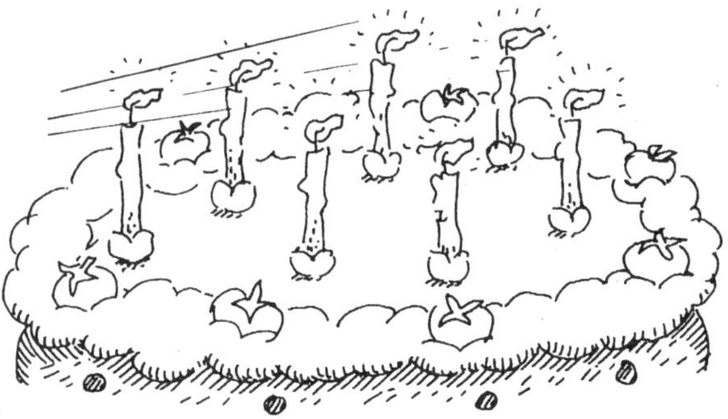

después se acurrucó...

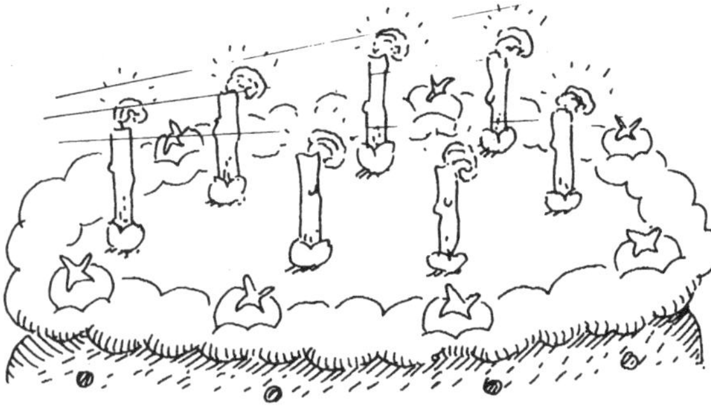

y ¡al fin se apagó!

—¡Viva! —gritaron todos y
empezaron a aplaudir como locos.
Y ahí estaban, aplaudiendo,
cuando primero una chispita,
después otra chispita y después
otra: ¡se volvieron a encender
las muy malditas!

Lulú puso cara de llorar (porque estaba llorando). Los invitados no pusieron cara de nada porque estaban muy ocupados sacándose los pedacitos de merengue que se les habían metido dentro de la oreja.

—Esto no puede seguir así —dijo el papá de Lulú, apretando los dientes.

Y salió corriendo a buscar a los vecinos para que los ayudaran a soplar las velas.
Los vecinos vinieron corriendo y se colocaron todos alrededor de la mesa del comedor.

Después todos —Lulú, la familia
de Lulú, los invitados y los vecinos—
juntaron aire, aire, aire.

Y soplaron fuerte, fuerte, fuerte.
Soplaron tan pero tan fuerte que dos frutillas salieron volando de la torta con el viento. Una se perdió para siempre. Y la otra le pegó en un ojo al perro de Lulú, que se puso a ladrar como un loco.

El fuego de las velas

tembló

bailó

se agachó

se hamacó

se acurrucó ...

¡y se apagó!

Esta vez nadie gritó «¡Viva!»
y nadie aplaudió. Todos se quedaron
en silencio mirando fijamente las velitas.
Ahí estaban las siete,
muy inocentes ellas, muy apagaditas,
y muy torcidas también,
medio sepultadas entre las frutillas.

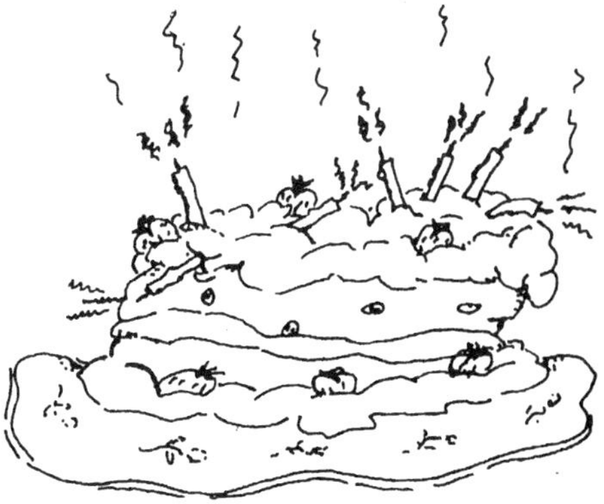

—¡Ay! —gritó el primero que vio una chispita.
—¡Ug! —gritó el que vio la segunda.

Y cuando quisieron darse cuenta ahí estaban de nuevo las siete velitas, brillando como descosidas, y tan alegres como siempre.

—¡Bua! —lloraba Lulú, que de pronto se daba cuenta de que no era tan fácil cumplir años.

Entonces el papá de Lulú dijo:
—¡Voy a buscar a los muchachos del club! —y salió corriendo.

Los muchachos del club interrumpieron el partido de fútbol (porque era una emergencia) y se vinieron todos para la casa de Lulú, a ayudar a soplar las velas.

Se acomodaron en el comedor
como pudieron (y mientras se
acomodaban se iban comiendo
los últimos alfajorcitos
que quedaban).

Como ya no quedaba mucho
espacio, algunos tuvieron
que treparse al aparador y otros,
a la heladera.

Lulú, la familia de Lulú,
los invitados, los vecinos
y los muchachos del club
juntaron aire, aire, aire, aire, aire…
¡y soplaron!

Soplaron tan pero tan fuerte que no dos sino veintidós frutillas salieron disparadas como balas de la torta.

Algunas se estrellaron contra
el techo (y ahí se quedaron,
fijas como planetas rojos).
Pero casi todas terminaron en el suelo.

Y los invitados las pisaban. Y los que las pisaban se resbalaban.
Y los que se resbalaban se agarraban del mantel para no caerse,
y volcaban la naranjada.
Pero valió la pena, porque las velitas se apagaron enseguida.
Y no sólo se apagaron, se desmayaron directamente, y quedaron acostadas sobre el poco merengue que le quedaba a la torta.

—¡Gooooool! —gritaron los muchachos del club y se dieron media vuelta para volver a la cancha.

De pronto Lulú, que estaba a punto de repartir la torta, puso cara de horror (porque estaba horrorizada). ¡Había brillado una chispita en medio del merengue! Después dos. Después tres. ¡Las siete volvieron a encenderse! Muy tranquilas las siete, muy acostaditas, pero brillando tan esplendorosas como siempre.

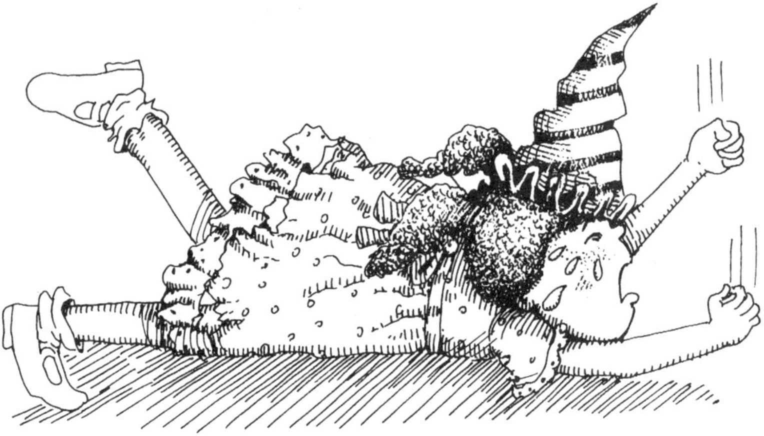

Lulú se tiró al suelo y empezó a patalear de la rabia. Y lloraba y tenía toda la cara llena de mocos, y decía que ella quería cumplir años.

—Lo que pasa —dijo la tía Javiera, que ya no sonreía tanto— es que son velitas especiales, nena.

—Yo no quería velitas especiales —lloraba Lulú—, yo lo que quería era cumplir años.

Hay que reconocer que para ese entonces el cumpleaños de Lulú ya no se parecía tanto a otros cumpleaños.

Lulú lloraba.
La mamá de Lulú también lloraba.
El papá de Lulú gritaba y apretaba los puños.
El abuelo Fermín miraba con cara de odio a la tía Javiera.

La tía Javiera trataba de esconderse detrás de un globo anaranjado. Y los invitados estaban todos muy despeinados y con caras tristes, porque ya no quedaba ni un solo alfajorcito, y nadie quería comerse las frutillas reventadas.

Entonces el papá de Lulú tuvo otra idea.

—Voy a llamar a los músicos de la orquesta –dijo, y salió corriendo.

Los músicos de la orquesta estaban ensayando, pero enseguida dejaron de ensayar (porque era una emergencia) y se vinieron corriendo a la casa de Lulú para ayudar a soplar las velas.

Entonces Lulú, la familia de Lulú,
los invitados, los vecinos,

los muchachos del club
y los músicos de la orquesta
se ubicaron todos alrededor
de la mesa.

Ya no entraba más gente en el
comedor, así que algunos

tuvieron que quedarse en la cocina
y otros en el baño.

La arpista se subió al inodoro,
y uno de los jugadores del club
se colgó de la lámpara.

El abuelo Fermín dijo que los trompetistas y los saxofonistas tenían que ponerse en la primera fila porque eran los que mejor soplaban.

Juntaron aire, aire, aire, aire, aire...
¡y soplaron!

Soplaron tan pero tan fuerte que
derribaron la puerta.
Y por la puerta salieron volando
dos panderetas, un clarinete,
la peluca de una vecina,
la pipa del abuelo Fermín,
el perro de Lulú y cuatro
invitaditos flacos. Y también
la torta con sus velas salió volando
por el hueco de la puerta.

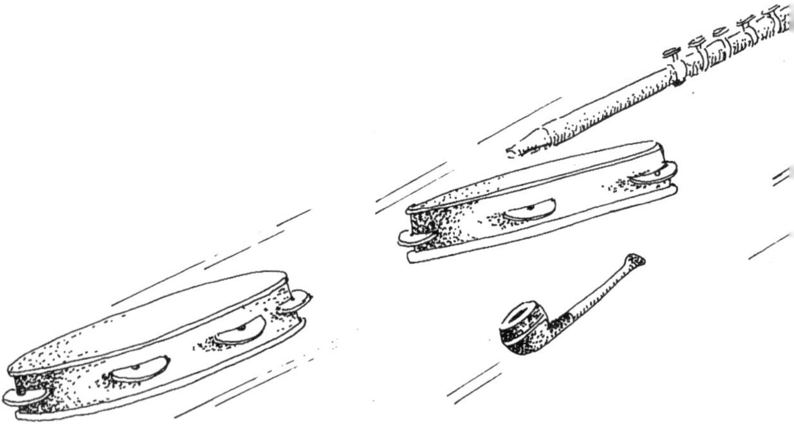

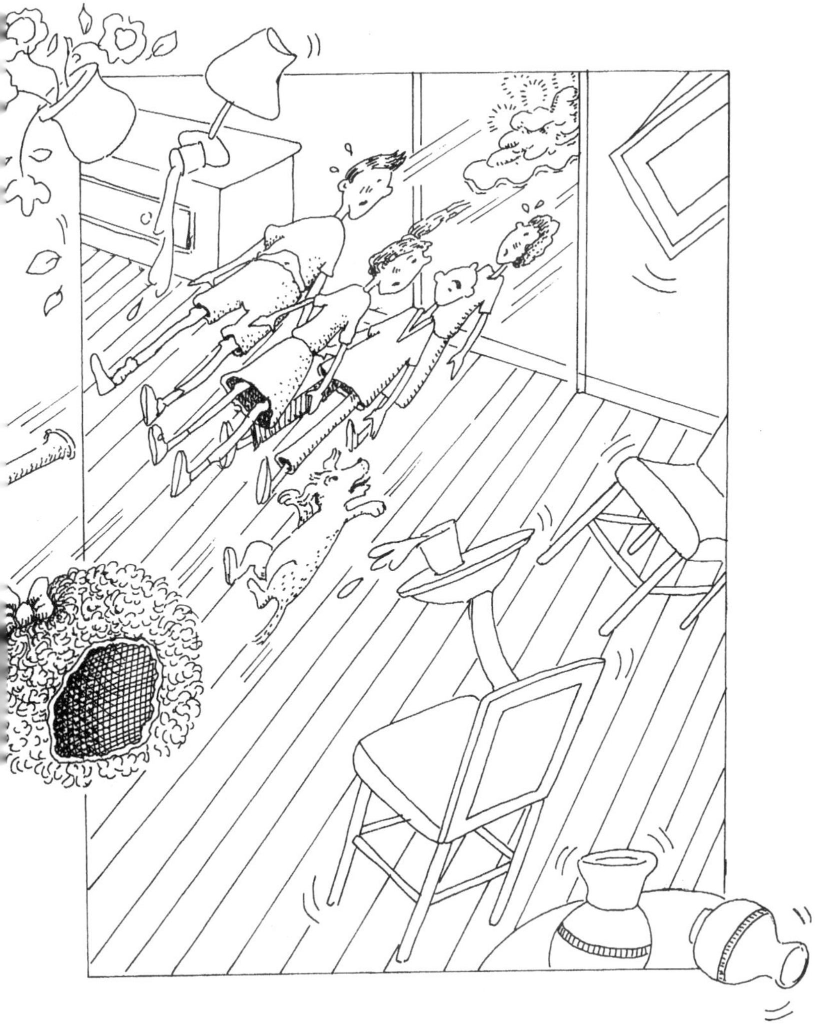

—¡Allá van las muy malditas!
—gritaron todos cuando vieron
que las velas, apagadísimas por fin,
se perdían del otro lado de la calle.
—¡Ganamos! —gritaron cuando
dejaron de verlas.

Y se pusieron todos a aplaudir
de alegría.
Entonces cantaron «¡Cumpleaños
feliz!» a plena orquesta.

Y tomaron naranjada.
Y comieron queso con salame
y mortadela, porque
alfajorcitos ya no había.
Y se peinaron un poco.
Y volvieron el perro de Lulú y los
invitaditos flacos.

Y colocaron los muebles, y todo empezó a parecerse de nuevo a un cumpleaños.

—¡Por fin cumplí los siete! —dijo Lulú, que estaba muy sucia y muy sudada, pero contenta. ¡Pobre Lulú!...

¡No sabía lo que decía!
¡No sabía lo que estaba sucediendo
en el descampado de enfrente!
Allá, lejos, entre los matorrales,
primero brilló una chispita...
y después otra... y después...
Por eso digo que no es tan fácil
cumplir años.

ESTE LIBRO SE TERMINÓ DE IMPRIMIR EN LOS TALLERES GRÁFICOS DE PALGRAPHIC, S. A., HUMANES (MADRID), EN EL MES DE MARZO DE 2008.